ノールックパス

伊 勢 也 日 向 歌 詞 集

谷口 渚

文芸社

ノールックパス

伊勢也日向歌詞集

目　次

全作詞 伊勢也日向

Smiling day

何もまだ無いままさ　だけどまだ歌っている
置いてきたモノは今　何処かの誰かが拾っている
夢の欠片なら、、、、

頼らずにいられたら　頼られていられたら
そう願ってきたのだから　今日も　これからも

笑えない日が来る　それが運命なら
自分で変えてみせる　不安も迷いも
あるようでないよ　もう

咲いていた花たちの　残り香が消えなくて
ささやかな思い出に　後ろ髪引かれている
歩き出せるかな

信じていた未来がまた　色褪せてきたときは
情熱のペンでまた　強くなぞるよ

笑える日が来る　そんな予感もする
大事な何かを　思いながら生きる
それで　それだけでいい

笑えない日が来る　それが運命なら
自分で変えてみせる　未来を見捨てないで

笑える日が来る　そんな予感もする
大事な誰かを　思いながら生きる
それで　それだけでいい

明日を描こう　ただ、、、、

1%

「可能性が低いことも　起こることがある」
あとは自分次第

枯れないように雨は降り出すんだね
忘れぬように最後の君の言葉
果てないように繰り返していくんだね
涙と笑顔を

明日晴れたら　光が差すから
それまで長い夜を越えて
間違いじゃない　信じる答えが
あるから迷わないで朝を迎えに行ける

君が笑うなら　僕は泣いてもいい
できないことが多いから

汚さぬように大事に思うモノを
気持ちだけじゃやっていけなくても
絶やさぬように胸の奥の灯火
たとえ届かずとも

後悔していても　時間は過ぎるから
受け止めきれないことがあっても
やるべき事が僕にはあるから
振り返らないで朝を迎えに行こう

夜を越えたら　朝日昇るから
これまでのどんな辛い過去も
ハッピーエンドに繋いでいくために
必要だったと笑える日が　来るはずさ

「可能性が低いことも　起こることがある」

silent cry

どこまでfly　痛みは輝く
向こうまで暗い　光り輝く
落ち込んだら辛い　色々絡まる
意味なんてない　SMILE

胸の思い奏でれば cry

oh-eh-oh　oh-oh-eh-oh
声を上げれば　soul
oh-eh-oh　oh-oh-eh-oh
光り出す空に　今　歌う

心のスライド　見せられやしない
美しくはない　それでも愛そう
遠くからcry　耳を澄まして
「できないから」じゃない　TRY

胸の思い伝えたくて sing

oh - eh - oh　oh - oh - eh - oh
離れていてもそう
oh - eh - oh　oh - oh - eh - oh
大事な人に　力を

声を上げよう
武器は持たないで
愛を叫ぶよ
孤独の裏にある　Love

oh - eh - oh - eh - oh
大事な人に　力を

何月何日

真冬の寒さに耐え切れず
枯れ落ちていくあの木の葉のように　切なく漂う

「時代の輪廻は早すぎる、、、、」
愚痴ってばかり　いけないよな

あの頃浮かべた光景が　忘れられずに　目を閉じている

何月何日　自分の弱さを知って
日なたを望み　陰に隠れる
何月何日　君が見せた笑顔は
こんな夜でも　やや温かく

途方もない迷路　項垂（うなだ）れて
此処から一歩先の道標に　気付かず　彷徨う

もう疲れてしまったよ、、、、
眠っていたいよ　からかっているの？

希望　夢　理想も　重みが無くて　ただ宙を舞う

涙が頬に　零れ落ちるときには
帰らぬ日々に　思い馳せている
夜空の星に　願いを込めてみても
届かぬ明日に　胸焦がれている

大事なモノを抱きしめ行けたら
旅の最果てには　笑えるだろう

何月何日　自分の強さを信じて
日なたに向かい　陰を離れる
何月何日　君が見せた笑顔は
どんな夜でも　ずっと温かく

そうやって何月何日　辿り着いた今日は
昔よりちょっと　輝いているはず

明日へ

朝焼けを見に行ったら　とても綺麗だったよ
まだ何かできそうな　気持ちになれたから
走り出した　明日へ　走り出した

あれこれと悩んでも　答えは一つだけ
生きるか死ぬかじゃなく　生きていくだけなんだ
走り出した　明日へ　走り出した

夢に破れたとしても　恋に破れたとしても
未来は僕のことを　見捨てはしないはずさ
走り出した　明日へ　走り出した

静かに強く

もう一人じゃない　大切なことに気づいたから
夢見てきたこと　それとは違っても　生きてみるよ

自分の色さえも知らない　道端で揺れる花のように
静かに強く　咲き誇ろう

誰も来ない部屋　救世主なんていないのだろう
誰かが呼んでいる　ドアを開けたら僕がいた

幸せになれるか不安で　目先の喜びを頬張る
弱い自分に　おさらばだ

自分の色さえも知らない　道端で揺れる花のように
静かに強く　咲き誇ろう

友へ

どう生きたっていいさ　その命を粗末にするな
たとえ誰かの役に立てなくても
君が居ちゃいけない場所なんてない
広大な空の下　僕ら小さくもがいているんだ
孤独でも生きよう　きっと大切なことに気付けるはずさ

僕らを繋ぐ糸　それを無理やり断ち切ったりして
あるいはそれに絡まったりして
この街にどう溶け込めばいい
小さな部屋の中　僕ら必死に逃げ込んだっけ
誰にも知られずに　呼吸を続ける命があるんだ

「街に愛が無いのなら、僕が愛を持とう。
*　優しさが無いのなら、僕が優しくあろう。」*
いつか君の優しさが誰かを救うだろう
いつか君の愛情が誰かを温めるだろう

自分を知らずに　誰かに流され生きること
それはとても　あぶないことだと思うんだ
白い絵の具にほんの僅かに黒が混ざり
その瞬間全体が　淡く灰色に染まる

いつか君の優しさが誰かを救うだろう
いつか君の愛情が誰かを温めるだろう
いつか君の勇気が誰かを救うだろう
いつか君のユーモアが誰かを和ませるだろう

どう生きたっていいさ　その命を粗末にするな
たとえ誰かの役に立てなくても
君が居ちゃいけない場所なんてない
広大な空の下　僕ら小さく願っているんだ
孤独の果てに　君が大切な誰かと巡り合うときを

鼓動

描いた夢　色褪せていく
青白い炎　揺らめいている

どうして生きるの　誰も知らない
どうして涙は　流れていく

鼓動が鳴る意味　野に咲くように
終わらすより　続く方がいい

掴んだ手は　離れかけている
この拳も　熱を下げていく

どこにあるんだろう　僕の居場所
わからないのは　今も同じ

雨の夜に　風の夜に
歩んだ道に　悔いはない

どんなに月日が過ぎていっても
変わりはしないモノを探している　いつも

鼓動が鳴る意味　野に咲くように
あるとすれば　胸の中に

鼓動が鳴る意味　野に咲くように
終わらすより　続く方がいい

思い出

僕は何にも　得てはいないけど
この胸の中　確かにあるもの　それは　思い出

僕がこれから　何を捨てても
この胸の中　確かに輝く　それは　思い出

忘れはしないで　歪めはしないで
汚しはしないで　ずっと思い出す

わからないまま　考えている
答え出るまで　考え続ける　それが　癖で

出した答えは　大抵いつも
うまくいかずに　裏目に出ている　ようだ

諦めはしないで　自暴自棄は避けて
納得いくはず　やがてきっと

僕は何にも　得てはいないけど
この胸の中　確かにあるもの　それが　思い出

僕がこの先　何を捨てても
記憶の中に　そっと大切に　残る　思い出

価値観 -ものさし-

揺れる雲の彼方から　光が差し込むようなイメージで
胸を突き動かすのは　子供のころ描き続けた夢
今でも追い駆けていくよ

翳る未来を照らしたい　ならば今を磨くことだろう
僕らが見上げる星々は　過去からの希望の光
時間は繋がっているよ

誰かの努力も　僕には無意味なもので
僕の努力も　誰かには無意味なもので
それでも　それぞれのものさしで
精一杯　人生歩めたらいい

ひらり舞い落ちる桜　儚い命の象徴で
永遠に咲き続けるには　あまりにも美しすぎたね
あなたを思い出している

誰かの幸福も　僕には不幸に見えて
僕の幸福も　誰かには不幸に見えて
それぞれが　それぞれのものさしで
幸福な人生　歩めたらいい

誰かの正解も　僕には不正解で
僕の正解も　誰かには不正解で
それぞれが　それぞれのものさしで
正解の人生　歩めたらいい

感謝

君にできないこと　僕はできるから
それ　僕が手伝うよ
お礼なんていらないから

僕にできないこと　君はできるから
これ　手伝ってくれないか
ありがとうしか言えないけど

ありがとうしか言えないけど

街と風と愛の詩

街に風吹き抜けて　人は何を求めて
歩くんだろう　歩くんだろう

僕は足を竦(すく)めて　胸の中確かめる
「幸せだろう？　幸せだろう？」

愛の詩を聴かせてよ　代わる々わる時代は流れて
愛の詩を聴かせてよ　冷たい風温もりに変わるまで

幸せへと歩くのか　幸せだから歩けるのか
旅は続く　旅は続く

愛の詩を書きたいよ　深く広く差別などなく
愛の詩を書きたいよ　冷たい風温もりに変えるまで

愛の詩を聴かせてよ　代わる々わる時代は流れて
愛の詩を聴かせてよ　冷たい風温もりに変わるまで

パレット

使えなくなった色がある　子供のころに好きだった色
カラフルだった未来は　一つ一つと色を減らす

現実に塗りつぶされて　この心は
いつから濁っていたのだろう

胸の中のパレット　残っていた
色は自分だけが生んだ色
僕にできるのかな　誰かが
そっと微笑む　思いを描くこと

使わないでいた色がある　自分に合わない真っ黒な色

現実に塗りつぶされて生きる方が
染められる迷いが消えていいかい？

胸の中のパレット　無くしていた
白色は君がくれたもの
まだ描けるかな　夢や理想
白い絵の具で　広がる夜空に

胸の中のパレット　残っていた
色は自分だけが生んだ色
僕にできるのかな　誰かが
そっと微笑む　思いを描くこと

胸の中のパレット　無くしていた
白色は君がくれたもの
まだ描けるかな　夢や理想
白い絵の具で　広がる夜空に

雨が上がれば

眠れない　そんな日が続いても
わずかな希望を繋いで　前進(はし)ってきた

「もういいや、、、、」なんて呟いていた
昨日の自分蹴り飛ばして　明日へ向かって行くんだ

窓の外は嵐の前の静けさ
長い夜も　荒波も　越えるつもりだよ

早く　遠く　過ぎる時代に
「時間を止めてくれ」なんて祈っていた
今の　僕に　必要なのは
自分の弱さに　立ち向かえる勇気だけ

愛想のいい　大人になれないまま
輝ける日を夢見て　暮らしていた

タイムオーバー　誰かに告げられても
自分で諦めない限り　夢は終わらない

孤独な戦士は　生と死の瀬戸際
命懸けの　瞬間に　胸が震えるよ

誰が　時代を　操っているんだろう
叫んでみても　届かぬ思い
見えない　明日を　照らす灯が
どこかにあるなら　それはきっと胸の奥

この街の喧騒　切り抜け
儚げな幻想　リアルに変える

見えない　明日を　照らす灯を
投げ出さないで　探し続けよう
いつか　自分を　導けるように
誓いを立てたよ　雨上がりのこの未来（そら）へ

Nice to meet you

僕には君が　まっさらな人に見えるよ

Nice to meet you はじめましてどうぞよろしくね
出会えたことに感謝して

旅の途中　寂しいのはお互い様
不器用な笑顔が何より信じられるもの

数年前じゃ思いもしないこと
誰かのために生きてみたいんだよ
傷つけられることの痛みには耐えて微笑むよ

君の過ちなんて　僕は気にしちゃいない
僕には君が　まっさらな人に見えるよ

Nice to see you again 二度目ましてどうぞよろしくね
また会えたことに感謝して

何年経っても変わらないこと
僕らはきっと弱い生き物だよ
傷つけることの痛みには耐えていけはしない

先入観を捨てて　偏見なんて持たず
君には僕が　どんな人に見えるの

君の過ちなんて　僕は気にしちゃいない
僕には君が　まっさらな人に見えるよ

先入観を捨てて　偏見なんて持たず
君には僕が　どんな人に見えるの

僕には君が　まっさらな人に見えるよ

空

空に浮かぶ雲　星屑も　太陽も　月も　飛行機も
僕の手は触れられない

ちっぽけで　ちっぽけで
こんな僕に　何ができるんだろう

手を伸ばした　夢の光へ
触れられそうな気がしたんだ
手を伸ばした　泣いている君へ
掴んでくれそうな気がしたんだ

胸に住みついた不安感や孤独を
飼い慣らすこともできずに　心壊れそうになる

弱虫で　泣き虫で
こんな僕に　何ができるんだろう

手を伸ばした　夢の光へ
触れられそうな気がしたんだ
手を伸ばした　泣いている君へ
掴んでくれそうな気がしたんだ

手を伸ばした　夢の光へ
触れられそうな気がしたんだ
手を伸ばした　泣いている君へ
掴んでくれそうな気がしたんだ

ユートピア

理想の世界から　目をそらしてきて
辿り着いたここはどこだ
笑顔も温もりもいつしか消えていて　疲れて見る景色は

不安げな未来が　セピア色をして広がっている
それでも進もう　本当の事は誰も知らない

まだ残っているよ　残っているよ　希望
まだ残っているよ　残っているよ　胸の奥の方
踏み出す勇気を　なくさないでいたい

上手く言えないから　メロディーに乗せて
伝えようと試みる

欲しかったおもちゃを　手に入れて嬉しそうに
遊ぶんだけれど　やがて壊れてしまって
そのあとの事は　定かでもない

まだ覚えているよ　覚えているよ　涙
まだ覚えているよ　覚えているよ　胸の奥の方
あの日の痛みが　蘇ってきて

まだ歌っているよ　歌っているよ　理想
まだ歌っているよ　歌っているよ　胸の奥の方
優しい気持ちを　忘れないでいてね

グロリア

何もないよと　嘆いた日々も
今の僕に　理由をくれた

brand-new soul 爽快
feeling my soul そうかい

グロリア　愛のおかげ
グロリア　愛のおかげ

何を記そう　ちぎったメモ帳

命懸けじゃなきゃ
きっと一生　後悔

グロリア　死ぬのは怖ぇ
グロリア　生きる他無ぇ

何を残そう　見たいよ　笑顔

グロリア　再度向かえ
グロリア　希望の丘へ

グロリア　愛のおかげ
グロリア　愛のおかげ

信念の歌

生きる意味さえ忘れそうな　冷たい雪が降る街
冷えた心に焼(く)べる言葉を　大切な歌たちから探すよ

信の折れそうな　鉛筆を削って
何度も何度も　夢を描いた

そうだ　間違っていたっていい　描いた夢を信じ行こう
もう　怖くなんかない　自分の道をさぁ進もう

過去(れきし)の違う人の群れ　自分を知っていく旅
数え切れない出会いの中で
耐えきれぬほどの孤独も知るだろう

さよならも言えずに　離れた人達に　ありがとう､､､
祈りを､､､思い馳せるんだ

もっと強い自分を　思い描いてみよう
ほら　一人じゃない　未来の僕が呼んでいるよ

信じる力を灯火に変えて
ひとつの希望が　闇を照らすんだ

どんな　長く険しい道が続いても
ずっと　揺るぎない意志を　胸に抱き行こう

そうだ　間違いなんてない　描いた夢を信じ行こう
もう　怖くなんかない　自分の道をさぁ進もう

自分の信じているモノを　否定されて傷つく心
もっと強く信じればいい　僕が僕でいられるように
自分の信じているモノを　否定されて傷つく心
僕が信じているモノが　この世から消えてしまわないように

Oh My God

描いた羽のよう　役には立たなくても　大事なモノ

ユートピア　マニフェスト　平和も希望もラブソングも

綺麗事のようで　ならばどうするの？

誰かが叫んでいる　悲鳴のような声で　声で
誰かが叫んでいる　心の声で　多分　多分　僕に

2つとは叶わないとすれば　何を望む

Love or Dream 悩んでいる　もう　度が過ぎている

涙が乾いていく　砂漠のような　heart　heart
涙が乾いても　忘れることはない　ない　Oh My God

誰かが叫んでいる　悲鳴のような声で　声で
誰かが叫んでいる　心の声で　多分　多分　僕に

Oh My God

短距離走者（スプリンター）

やっぱ長距離の方がいい　とか思ってももう遅い
生まれ持った素質があるというなら短距離走者だ

スプリンターだ　転んだら　そうさ這いつくばったって
ただ　それだけだ　迷ったら　また位置についてドンッ

夜のニュースが飛び込み　僕はベッドに逃げ込む
虚無とカオスの世界から何かを見出せるのなら

不穏な時代だ　信じた未来に一票を投じろ
ただ　それだけだ　迷ったら　己の心に問う

スプリンターだ　転んだら　そうさ這いつくばったって
ただ　それだけだ　迷ったら　また位置についてドンッ

動機 - モチベーション -

描いた地図を何度も広げて
どこまで行けるかなんてわからない
このトンネルを走り抜いた先が
どんな景色かなんてわからない

カネがすべてじゃない　夢がすべてじゃない
恋がすべてじゃない　罪がすべてじゃない
大事にしてきた思い　無くしてしまった思い
やがて忘れてしまう　そんなものじゃない

敗れ去ってからがスタート　行こう　行こう
前に進みたい気持ちがモチベーション　行こう　行こう

やりたくない事はやらないできた
納得できる人生を送りたい
一度消えた火は二度とは灯らない
簡単に諦めたらあの日と同じじゃん

今がすべてじゃない　過去がすべてじゃない
未来がすべてじゃない　結果がすべてじゃない
流した汗や　こぼれた涙
無駄に終わってしまう　そんなものじゃない

敗れ去ってからがスタート　行こう　行こう
心の中にあるからさ　消えない理由

敗れ去ってからがスタート　行こう　行こう
途方に暮れ悔やむだけなら　行こう　行こう
深く潜りたい気持ちがモチベーション　行こう　行こう
心の中にあるからさ　消えない理由

彷徨

出会いや　願い　喜びが

別れや　失意　悲しみに

僕はなんで　此処にいるんだろう
僕はなんで　此処にいるんだろう

別れや　失意　悲しみが

出会いや　願い　喜びに

僕はなんで　此処にいるんだろう
僕はなんで　此処にいるんだろう

僕はなんで　此処にいるんだろう
僕はなんで　此処にいるんだろう

僕はなんで　此処に来たんだろう
僕はそして　何処へ行くんだろう

僕は何を　探していたんだろう
僕は何を　手放したんだろう

僕は何を　求めていたんだろう
僕は何を　手に入れたんだろう

僕はなんで此処にいるんだろう

暗順応

光のない　闇の中でも
彷徨うことなく歩けるかい

やがて瞳は慣れて　前が
見えてくるようになるはずさ

まだ進んで行ける道がある

光のない　闇の中を照らす
灯がこの胸にある

彷徨うことなく歩き出す

live myself

I wanna live....

何かあるはず　胸の奥の方

I wanna live myself
明日はきっといい日だろう

I wanna be....

誰かいるはず　胸の奥の方

I wanna be myself
明日はきっといい日だろう

I wanna live myself
明日はきっといい日だろう

足跡

いつか誰かが僕の足跡を
道標にして　辿るかもしれない

失くしたモノ　手にしたモノ

何かあるような何もないような旅路の先
最果ての地で何を見るんだろう
二十歳過ぎても追い駆けた憧れや夢
諦めても物語は続く

一歩踏み出すだけで　何kmも
走ったみたいな　疲れ方をして

雨の日でも　風の日でも

誰かいるような誰もいないような旅路の先
最果ての地で誰を思うんだろう
誰かと誰かが孤独を抱えて歩き出す
道が交差して二人は出会う

何かあるような何もないような旅の途中
歌がまるで足跡のように
これから何処へ向かうのかを僕に問いただす
いつまでも真剣に生きていられたら

誰かいるような誰もいないような旅路の先
最果ての地できっと思うんだろう
誰かと誰かの足跡が交差して
重なり合って温もりを知る

確かな足跡を　消えない足跡を
記憶のレールの上　踏みしめて行こう
最果ての地まで

虚しさの向こう

今　その　虚しさの向こう　何かを　見出して行く

左胸

空っぽの手のひらを　ぎゅっと握りしめ
左胸に押し当ててまた　歩き出す

聖火

誰にでも共通の　正解の人生なんてない
だから　自分だけの　誰にも消せない
聖火を灯して　答えを信じて　進むオフロード

inside

備え付けの希望製造機　inside my heart
備え付けの絶望製造機　inside my heart

見つかるさ何もない中に　inside my heart

疲れるけど　信じていよう　inside my heart

見つけるさ何もない中に　inside my heart

見つかるさ何もない中に

見つけるさ何もない中に

見つけるさ僕が描く意味やシナリオ

Something

何も無くなってもまだ　何かしたいんだ

行き止まりの壁　探す扉

「明日が無い」と言う　人にも明日は来る

嘘だとわかってもまた　何か期待するんだ

胸の中の闇　灯す明かり

希望の欠片と　自由を歌う

また0から始めればいい

何か成し遂げようと　行動する姿が
誰かの気持ちを　動かすんだ

何かしたいという　能動的な気持ちが
今でもまだなお　失われていない

また0から始めればいい

My Independence Day

違和感が芽生え始めている
此処じゃないどこかを見据え始めている

リーダーとも違う理想を描き始めている
自分の居場所を　本当の居場所を
探し始めている　求め始めている

違和感が芽生え始めている
此処じゃないどこかを見据え始めている

リーダーとも違う未来を信じ始めている
自分の思想を　本当の信条を
理解(わか)り始めている　抱き始めている

万策尽きるまで、夢に生きる

ちょっと立ち止まったりして　考えてみたりもした
根拠のない自信だけで　行ける所まで行ったりもした

調子に乗っかって　笑い取ったりもした
真面目な顔して　叫んだりもした

哲学　思想　理論　理屈
命懸け　思うだけじゃだめだ
実践　実行　行動あるのみ
運命変えていく　放棄したらだめだ

万策尽きるまで、夢に生きる

才能　資本　模倣　努力
技術　心　演じていちゃだめだ
人生　価値観　自由　アーティスト
偶像　虚像　それに逃げちゃだめだ

ニヒリスト同士
リアリスト同士
理想主義同士
我ら人間同士

戦争　宗教　平和　愛
事件　裁判　利害だけじゃだめだ
希望　失望　絶望　欲望
恋愛　友情　求めすぎてもだめだ

自然　災害　異常　気象
孤独　生命　呼吸止めちゃだめだ
実践　実行　行動あるのみ
運命変えていく　思うだけじゃだめだ

Global Prison

前科は無くても　僕は汚れた心を
持ってしまった人間です

本当のところ　人に言えない事も
知ってしまった人間です

罪のない　人はいない

生まれてからずっと　クソみたいな欲望
満たしたいだけの人生です

足りない脳ミソで　善悪の区別も
できなかった未熟者です

罪のない　人はいない
それでも愛すよ　君のことを
それでも愛してよ　僕のことを

嘘は暴かれる　いつか暴かれる
それを恐れている　ボクラ
欲望が暴れる　ずっと暴れている
それを堪えている　ボクラ

罪のない　人はいない

嘘は暴かれる　いつか暴かれる
それを恐れている　ボクラ
欲望が暴れる　ずっと暴れている
それを堪えている　ボクラ

罪のない　人はいない

まだ理性と出会う前の話

サバイバル・プラン

これが僕の　サバイバルプラン

笑うための　サバイバルプラン

風任せはイヤだ

誰もがサバイバー
悩めるサバイバー
希望見つければ　始めるだけさ

絶望の果ての　サバイバルプラン

他人任せはイヤだ

誰もがサバイバー
手遅れはないさ
全て失えば　始めるだけさ

愛がないなら　繋がるなんてできない
夢がないなら　強く生きるなんてできない
意志がないなら　切り拓くことなんてできない
愛がないなら　繋がるなんてできない

誰もがサバイバー
エビバディ　サバイバー
自分に勝てりゃ　明日は晴れさ

誰もがサバイバー
悩めるサバイバー
希望見つければ　始めるだけさ

誰もがサバイバー
手遅れはないさ
全て失えば　始めるだけさ

フリーダム

もう誰も　神も　悪魔も　権力者も
はぁ　そうですか　うるさい

僕が望んだように　生きていく権利が欲しい
鎖を　ちぎろう

自由を手にして　Where do I go？

君が泣かないように　守り抜く力が欲しい
契ろう　契ろう

力を手にして　What do I do？

自由を手にして　What do I do？
力を手にして　What do I do？

What do I do？ myself
What do you do？ yourself

飾られない芸術

High になって　飛び込んでいこう
Low になって　さまよっていたね

灰になって　消えてしまっても
魂は残っているんだね

誰もいないのに　君がいるような気がして泣いた
名刺の代わりにあげたら　捨てられていたフライヤー

鳥になって　羽ばたいていこう
アリになって　かけずり回っていこう

ばれちゃいないのに　ばれているような気がしてないか
根拠はないのに　殺されるような気がしてないか

灰になって　消えてしまっても
魂は残っているんだね

I believe

変わり映えしなくてもさ　変わっているんだmy life
大事なモノはわかっているんだ

諦めようとしても　勝手に続けるさ
生きている限り　夢の中

I believe
I’m believer　愛 believe

「夢を見続けてこその人生なんだ」と
誰かの言葉に救われた

こうしちゃいられないさ 旅の続きをしよう
ゴールはここじゃない ここじゃない

I dream
I’m dreamer　my dream

「夢を見続けてこその人生なんだ」と
誰かの言葉に救われた

孤独の海の深く　溺れていたカラス
貴方の瞳に　救われた

I believe
I'm believer　愛 believe

“No”

日本人であるとともに地球人であること
言わなくてもわかっているはずだから
あえて確認はしないよ

魂の言葉を聞いたんだ　幼い時に大人たちから
だから迷わず信じるよ　平和を願う魂の言葉

I say “No”

傷つけ合うことに　美しい理由なんてない
裁けないことなら　何でもしていいわけじゃない

I say “No”

冷めた世間に負けないで　熱い気持ちエイエイオー
冷めた世間に負けないぜ　誇り高く生きていこう

I say “No”

才能

「失敗が成功を生む」
「習うより慣れろ」
「継続は力なり」

0から1を生み出す力
1から10を施す力

99%の努力をするから1%の閃きが訪れる
ってことだろう？　Dr.エジソン？

まぐれも10回起こせば実力

千日の修行を「鍛」と言うそう
万日の修行を「錬」と言うそう

「腹が減っては戦はできぬ」とは
空腹が気になっているようじゃ
戦いには臨めないってこと

99%の努力をするから1%の閃きが訪れる
ってことだろう？　Dr.エジソン？

Already ～羽ばたき～

大きな空を飛ぶのなら　大きな羽が必要だろう
そう思い込んだ君は一人　夢中になって羽を探した
人気のない森を歩いて　ビルよりも高い山を登って、、、、

もう何年経っただろう　結局羽は見つからなかったね
それでも君は今も　変わらずこの大空を
誰よりも鋭い眼差しで　見上げ続けている

今その手を広げてごらんよ　君はもう飛べるから
手を広げてごらんよ　君はもう飛べるから

「世界を2色に分けるなら　白黒じゃなくオレンジと
黄緑がいい」
その小さな願いは虚しく響き　苦痛を抱いて瞳を閉じた

あぁ　自分の内側も色彩豊かな世界じゃなかったんだね
それでも君は君が　モノクロに染まらぬよう
閉じた瞳の裏側で　光を捉えている

今その目を開いてごらんよ　世界はもう色づいている
目を開いてごらんよ　世界はもう色づいている

手を広げてごらんよ　君はもう飛べるから
手を広げてごらんよ　君はもう飛べるから

目を開いてごらんよ　世界はもう色づいている
目を開いてごらんよ　世界はもう色づいている

手を広げてごらんよ　君はもう飛べるから
手を広げてごらんよ　君はもう飛べるから

カンマ

疲れたなら カンマ
疲れたから カンマ

区切りたい だから カンマ
終わりじゃない だから カンマ
読みにくい字面 カンマ
長すぎる字面 カンマ

漲ったパワー得るだろう

ここで１つ打つ カンマ
抑えきれない カルマ Fever
ここで１つ打つ カンマ
求めてしまう カルマ 今

彼女はパリジェンヌ みたい
わしはどっかの仙人 みたい

善も悪も両面 見たんだろう？

ご自由に 好きにしたら
ご自由に 好きにしたらいいさ

郵便はがき

料金受取人払郵便

新宿局承認

3971

差出有効期間
2022年7月
31日まで
（切手不要）

1 6 0-8 7 9 1

1 4 1

東京都新宿区新宿1－10－1

(株)文芸社

愛読者カード係 行

ふりがな お名前		明治 大正 昭和 平成　年生　歳
ふりがな ご住所	□□□-□□□□	性別 男・女
お電話 番　号	（書籍ご注文の際に必要です）	ご職業
E-mail		

ご購読雑誌（複数可）	ご購読新聞 新聞

最近読んでおもしろかった本や今後、とりあげてほしいテーマをお教えください。

ご自分の研究成果や経験、お考え等を出版してみたいというお気持ちはありますか。

ある　ない　内容・テーマ（　　　　　　）

現在完成した作品をお持ちですか。

ある　ない　ジャンル・原稿量（　　　　　　）

書　名			
お買上 書　店	都道　　　　市区 府県　　　　郡	書店名	書店
		ご購入日	年　　月　　日

本書をどこでお知りになりましたか?

1.書店店頭　2.知人にすすめられて　3.インターネット(サイト名

4.DMハガキ　5.広告、記事を見て(新聞、雑誌名

上の質問に関連して、ご購入の決め手となったのは?

1.タイトル　2.著者　3.内容　4.カバーデザイン　5.帯

その他ご自由にお書きください。

(　　　　　　　　　　　　　　　　　　　　　　　　)

本書についてのご意見、ご感想をお聞かせください。

①内容について

②カバー、タイトル、帯について

弊社Webサイトからもご意見、ご感想をお寄せいただけます。

ご協力ありがとうございました。

※お寄せいただいたご意見、ご感想は新聞広告等で匿名にて使わせていただくことがあります。

※お客様の個人情報は、小社からの連絡のみに使用します。社外に提供することは一切ありません。

■**書籍のご注文は、お近くの書店または、ブックサービス(0120-29-9625)、セブンネットショッピング(http://7net.omni7.jp/)にお申し込み下さい。**

どこかに打つ カンマ
それでも滅びぬ カルマ

ローリングストーンで行くだろう
暴走政治を廃止するだろう

ここで1つ打つ カンマ
抑えきれない カルマ Fever
ここで1つ打つ カンマ
求めてしまう カルマ

ご自由に 好きにしたら
ご自由に 好きにしたらいいさ
どこかに打つ カンマ
それでも滅びぬ カルマ Forever？

ご自由に 好きにしたら
ご自由に 好きにしたらいいさ
いずれ1つ打つ カンマ
そこからまた ガンバ

人類座

僕らは一人に一つだけの心（ほし）を持っている
70億個の心が煌（きら）めいている

なのに人間は嘲笑い合って　否定し合って
束になって傷つけ合っているよ
生まれてからずっと自分で耕して耕して
育ててきたその大事な心（せかい）

笑っていいよ　泣いていいよ
ずっと我慢しなくていいよ
誇っていいよ　遊ぼうよ
いつか一緒に

僕らは一人に一つだけの心を持っている
この世界中に心が輝いている

っていうのに老若男女も　傷は絶えない模様
本当の友情　愛情　温情　わからずに孤独
イジメはミジメだ　ヤメィ　ヤメィ
明日の世界は　ハレ　ハレ

枯らした木にも　草　花にも
一人寂しく生きる人にも
愛した人がいるからさ
名前があるのは

笑っていいよ　泣いていいよ
ずっと我慢しなくていいよ
誇っていいよ　遊ぼうよ
いつか一緒に　君も一緒に　僕と一緒に

We all are friends.
La La La....

白旗

見えない　消えない　この悲哀（いたみ）か
すぐに消えていく快楽（よろこび）
どっちを信じて生きていこうかと
少年は一人　悩んでいた「幸せを奪い合うサファリ」
まるで人生はそんな風だよ、、、

世界中の社会（ステージ）で　繰り広がる争い（War）
少年（かれ）はもう降参（やめ）た　白旗掲げ行こう　あの灯まで、、、

知らない　関係ない誰かの為に生きて　どうするの？
自分の為に　生きていたいと
少年は昔思っていた　幸せ目指す人生ゲーム
「僕は絶対に勝ち残ってやる、、、」

世界中の社会で　繰り広がる争い
少年はもう決（き）意めた　白旗掲げ行こう　あの灯まで、、、

天使も悪魔も　幸せそうに微笑んでいるから
どっちを信じて生きればいいか　わからなくなっていた

世界中の社会で　繰り広がる争い
幸せになろうと　みんな必死で生きているんだね
だけど　少年はもう降参た
白旗掲げ行こう　あの灯まで、、、

自分の為に生きても　すぐに消えていく快楽
「僕は誰かの為に生きるよ」

ロンリー論理

ロンリー論理

心の中に築き上げた壁取り払って　SINGING ALONG

ロンリー論理

「大人になるっていうことは、汚れていくことじゃなく、
汚れてしまった心を、磨いていくことです。」

ロンリー論理

汚れちまって　汚し合って　汚れた心いつか
浄化できたら　またあの頃のように　手を繋いで　遊ぼうよ

ロンリー論理

一人ぼっちの寂しさを　知っているから
些細なふれあいにも　喜びを感じるよ

通じ合えたらな　理解り合えたらな　助け合えたらな
支え合えたらな　笑い合えたらな　嘆き合えたらな
励まし合えたらな　愛し合えたらな

ロンリー論理

誰かを何かを守るために　強くなりたい

孤独（ロンリー）//

孵化

一生懸命生きている　君を見ている人がいる
一生懸命生きている　君を見守る人がいる
孤独の殻の中で　気付けていないだけなんだ
君は一人じゃないんだよ
抱きしめてくれる人が　今はいなくても
微かな　でも確かな温もりに気付くんだ
それは孵化するには　十分な温もりだろう
さぁ　出ておいで　さぁ　出ておいで

孤独

「話し相手はいるか？　いるなら安心だ。」

解放

人生は拷問ではない

wait a little

もう少しだけ待ってみよう

will -希望の灯-

僕は何で生きているんだろう
とか悩んで　生きていたんだよ

でも幼気（いたいけ）なあの花のように
また笑えるかな　この答えを信じて

手を繋ごう　未来の自分と
手を離せばすぐ　alone
強くなろう　見えない傷
寂しがり屋のwill　もう痛みに負けない

本当の笑顔　見せておくれよ
いつも怯えているような表情

その不安げな気持ちが綻ぶように
僕は歌えるかな　明日を照らす言葉

「僕の元気を、あなたに分けたいんだ。
希望の灯、つけてみせるよ。」

歩き出そう　未来の方へ

振り返ればすぐ　涙

守り抜こう　胸の灯

孤独が押し寄せても　歩みを止めない

寂しがり屋のwill　希望の灯は消えない

漂流

果たすべき約束もないまま
この胸の中を彷徨っていた
訪れる誰かの優しさも
やがては消えていく　繰り返していく

途切れた会話　その沈黙の意味がわかって　涙流す

その涙の上を漂うよ　笑顔のゴールまで
何も言わないで　でもわかるよ　君の思いなら
いつかまた会える日まで

嘘をついて繋がったとして
そんなに器用な人間じゃない
目を合わす　当たり前のことも
上手くできなくて大人になった

分かれた道のその間を歩きたかった　君と共に

あの空の青色　覚えているよ　切ないカラーで
閉じ込めたくて撮った　財布の中の写真を見つめて
また一歩　踏み出していく

この涙の上を漂うよ　選んだ航路で
何も言えないで　でもわかって　僕の思いなら
歌うから　風に乗せて

あの夢の青色　覚えているよ　切ないカラーで
閉じ込めたくて撮った　財布の中の写真を見つめて
また一歩　踏み出していく

旅路 -restart-

痛みを抱えて走れ　僕達はいつでも旅の途中
色んな傷跡がある　それがいつか大事な勲章になる

急いて　焦って　掴んだモノは
いずれ要らなくなって捨ててしまうだろう
ガラクタの中に埋もれてしまった大切なモノたちを
もう一度見つけ出せるかな　大人になった僕らに

不安を抱えて走れ　答えはいつもこの道の先にある
小さな石に躓いたなら　その石が僕の宝物になる

書いて　描いて　夢見たストーリー
少し違った現実に悩んでいたね
準備しすぎて重たくなった荷物の中は
本当は空っぽだけど　それでも背負って走っていくよ

諦めかけた命　それでも続いている呼吸は
理想の世界じゃなくても　生きていける強さの証
孤独に飽きたから　ちょっと外に出てみよう
知らないことは楽しいこと　ほら足跡が増えていく

泣いて　悔やんで　重ねてきた日々は
いつか迷った時のヒントになる
温もり忘れて冷たくなったこの手のひらも
何かを守っていける　そう思って旅に出るよ

諦めかけた命　それでも続いている呼吸は
理想の世界じゃなくても　生きていける強さの証
孤独に飽きたから　ちょっと外に出てみよう
知らないことは楽しいこと　ほら足跡が増えていく

旅人

心の旅人　帰る場所のない
僕は旅人　見つけられたら　幸せ

心の旅人　目指している場所は　秘密
僕は旅人　辿り着けたら　幸せ

明けない夜　寂しさ込み上げ
それでも歩く　朝日を待ち侘びて

今も　遠くへ　僕を　運ぶよ　夢
今も　近くで　笑う　あの子を　想う

描いた未来　色褪せゆく過去
抱きしめ歩く　誰かを待ち侘びて

今も　遠くへ　僕を　運ぶよ　夢
今も　近くで　笑う　あの子を　想う

心の旅人　愛を知らない
僕は旅人　いつかわかったら　歌おう

心の旅人　旅の途中で

僕は旅人　あなたに会えて　幸せ

休日 ～2つの願い～

遠くへ行くでもなく　誰かと遊ぶでもなく
ただ　ふらりふらりと　街を歩き　喫茶店に寄るだけ

読書に耽るでもなく　パソコン開くでもなく
ただ　外の景色を軽く眺め　ぼぉっとするだけ

holiday 今日は休もう　少し疲れたなぁ
holiday 今日は休もう　少し疲れたなぁ

夢を横目にして　ロマンス探しながら
慌ただしく過ぎていく時間に追われ　街は流れる

holiday 今日は休もう　ユメを見ようかな
holiday 君の姿が　胸をよぎっていく

神様　僕の願いを叶えておくれ
「彼女にどうか、自然に笑顔がこぼれる日々を」

holiday 一人きりで　過ごすには長いなぁ
holiday いつか二人で　喫茶店(ここ)に来たいな

そんな2つの願い

Always Me

I keep my style
I keep my smile

I'm always me

I keep my fire
I keep my soul

I'm always me

I'm always me

何かを失ったとしても
誰かに嫌われたとしても

I'm always me

今

空見上げて笑え 今よりもっと素晴らしい今を

精一杯 目一杯 生きてみたんだけれど
焦りや不安がいつも 僕の邪魔をして
あと何回僕は 立ち上がれるのだろう
心の中で君が 支えていてくれるけど、、、、

雨に打たれ 風に吹かれ 泥だらけ でも行くのさ
誰も見たことない風景を 僕は見たいから

空見上げて笑え 今よりもっと素晴らしい今を

もう限界 手一杯 時間だけが過ぎていく
そんな生活がずっと 続いていくのかな
もう一回 人生をやり直してみるよ
大切なことが何か わかった気がするんだ

目の前の人達と 僕らは繋がっている
そう思えたら孤独も吹き飛ばせるのかなぁ

空見上げて笑え 今よりもっと素晴らしい今を

頭じゃなく 言葉じゃなく 心で考えるのさ
いつか失くした感覚 感情を取り戻したいなら

空見上げて笑え 今よりもっと素晴らしい今を

「不安」一つ消えるだけで
小さな「幸せ」が一つ生まれる

空見上げて笑え 今よりもっと素晴らしい今を

邂逅

I wanna be your flame....
消えずに　絶えずに

僕は火　ならば君は酸素
燃え続けるために　君が必要る

手を繋いで　歩く歩道
君を照らすよ　僕の灯火
破れそうな　夢以外
何も無かったんだよ　君に出逢うまで僕は

I wanna be your brave....
怖れずに　怯えずに

知らない　だから知りたいよ
心の奥深くの　本当の君

夜の空に　浮かんだ太陽
僕を照らすよ　君の瞳
嫌わないで　見つめていてよ
零れ落ちたなら　掬い上げてみせるよ　涙

手を繋いで　歩く歩道

君を照らすよ　僕の灯火

破れそうな　夢以外

何も無かったんだよ　君に出逢うまで僕は

胸の中に

言わないでいい

わかるよ　君のその仕草から

胸に　つかえている
思いがあるという
それはきっと　誰も同じ
でも微笑っているのだろう

言わないでいい

わかるよ　君のその瞳から

胸に　抱いている
理想があるという
それはきっと　誰も同じ
だから泣いている　今も

その胸に　つかえている
思いがあるという
それはきっと　誰も同じ
でも微笑っている

その胸に　抱いている
理想があるという
それはきっと　誰も同じ
だから泣いている　今も

午前０時

また一人の夜が訪れるよ
寂しさに耐えて眠る午前０時
君の顔がまぶたの裏側で　浮かんだら夢の中

何も話せない　嫌われたくないから
つまらない男と　思われてしまうかな

夢の欠片　それしか持っていないから
プレゼントひとつ　あげることもできない

また一人の夜が訪れるよ
寂しさに耐えて眠る午前０時
君の顔がまぶたの裏側で　浮かんだら夢の中

君を知りたい　どんなことでもいいから
どんな風に聞けば　教えてくれるのかな

また一人の夜が訪れるよ
寂しさに耐えて眠る午前０時
君の顔がまぶたの裏側で　浮かんだら夢の中

また一人の夜が訪れるよ
寂しさに耐えて眠る午前０時
君の顔がまぶたの裏側で　浮かんだら夢の中

Dream-Side Train

扉を開ければ　何かがあるはず
行ってみようよ　行ってみよう
別れの時でも　言葉はいらない
心はいつも　側にあるよ

I never leave you alone 歌を贈るよ

騙されても　失っても　Ride on Dream-Side Train
笑われても　笑えなくても　Ride on Dream-Side Train

僕らが生きている　この世界は
残酷なくらい　完璧じゃない
美しいモノを　信じていたい
その気持ちが　愛おしいよ

We can't stop the music 歌は響くよ

伝えたくて　繋ぎたくて　Ride on Dream-Side Train
伝わらなくて　苦しくて　Ride on Dream-Side Train

I never leave you alone

暖かくて　眩しくて　Ride on Dream-Side Train
その景色が　見てみたくて　Ride on Dream-side Train

リセット

ネイビーブルーのシューズに　Maybe 穴が開きそう
歩き疲れて一人　見上げた空にstars

望んでいた　set me free
挑んできた　現実に

怠惰な過去をリセット　できないままでいる
曇る未来をリセット　できないままでいる

Lady 思い出の日々　変にはならぬように
返事はないままに　祈るように歌う

出会ってしまった　女神
潜んでいた　現実に

街行く人をリスペクト　平気なフリをして
あの日のミステイク　忘れられないで

このままでいい？　そのままでいい

怠惰な過去をリセット　できそうな気がしている
曇る未来をリセット　できそうな気がしている

このままでいい？　そのままでいい

fear (don't be afraid)

思い出す　いつかのことを

逃げないさ　Oh my fear, my fear
見えないさ　Oh my fear, my fear
逃げないさ

もう一度　忘れる前に

言えないさ　Oh my love, my dream
言わないさ　Oh my love, my dream
言わないさ

逃げないさ　Oh my fear, my fear
見えないさ　Oh my fear, my fear

乗り越えるさ　Oh my fear, my fear
逃げないさ　Oh my fear, my fear
乗り越えるさ

Needs someone

喜び　悲しみ　同じくらい大事なモノだろう
出会いや別れを繰り返し　自分を知っていく

Everybody needs someone

寂しさ募って　冷えた街に君を探すよ

Everybody needs someone

Everybody needs someone

女神

気付けばここに刻まれていた
君によく似た女神　名前はないらしい　女神のタトゥー

愛の温もり　胸の中に
愛の温もり　Oh yeah

孤独の中で　見つめ合っている二人
記憶の中で　輝いたままの笑み　瞳

愛の温もり　胸の中に
愛の温もり　届け

愛の温もり　胸の中に
愛の温もり　Oh yeah

愛の温もり　胸の中に
愛の温もり　届け

I swear

I want to set you free

I won't get anything
But I'll give you my heart

I won't betray

I won't get anything
But I'll give you my heart
I won't get anything

But I swear
I’ll give you my heart

I won't get anything
But I'll give you my heart

再会

また会えるように

強くならなきゃ

再会を待つ

張れるように　胸を張れるように
会えるように　今はGo

向き合えるように

己に克つ

差し出せるように　繋ぎ合えるように
嘘を本当に　だからGo

張れるように　胸を張れるように
会えるように　今はGo

多分僕は、、、　僕は君が、、、
僕は君に、、、　○＊＃□＋▲？！

見れるように　見つめ合えるように
その眼差し　刺さったよ

晴れるように　再会の日は
晴れるように　歌うよ

愛

本当ですか　その答え
本当ですよ　この答え

善と悪を一周して　なおも前を向こう

本当ですか　その思い
本当ですよ　この思い

絶望まで思い知って　なおも前を向く

変わらない熱　それが愛です

本当ですか　その答え
本当ですよ　この答え

本当ですか　その思い
本当ですよ　この思い

炎

There is flame in my heart

希望の炎

There is flame in my eyes

希望の炎

go up in flames

燃え尽きて　灰になるだけ
それでもいい　わかっている

希望の炎

go up in flames

希望の炎

go up in flames

oh....

永遠

今さら何も言えないよ
僕はもうボロボロで

何もできないよ
こんな気持ちは初めてだから

生まれ変わったら　強くなりたいな
迷うことのない男　そんな奴になれたらいいのに

You’re my forever Oh my forever
本当はそう叫びたいよ
君がいれば　ここにいれば
本当はもう抱きしめたいよ

今さら誰も口説けないよ
ろくに仕事もできないで

何も言えないよ
何が大事かわからなくなる

声が聞こえたら　会いに行くからさ
止まることのない鼓動　今日も明日も　君を呼んでいる

You're my forever　Oh my forever
本当はそう叫びたいよ
君がいれば　ここにいれば
本当はずっと離したくない

"You're my forever. Oh my forever"

You're my forever　Oh my forever
本当はそう叫びたいよ
君がいれば　ここにいれば
本当はずっと君に会いたい

彼岸花

赤・白・黄色の花
いつまで咲いているだろう

孤独を選んだ日も
いつかは終わるのだろう

涙をこらえきれずに　僕らは此処にいる
涙をこらえきれずに　僕らは此処にいる

カッコつけて口にした嘘
今でも僕を責めるよ

誰も気にもしていないこと
今でも僕を縛るよ

理想を諦めきれずに　僕らは此処にいる
理想を諦めきれずに　僕らは此処にいる

誰かを忘れられずに　僕らは此処にいる
何かを忘れられずに　僕らは此処にいる

貴方を忘れられずに　僕は此処にいる
貴方を忘れられずに　僕は此処にいる

そして、行く

Everyone knows

あの日の誓い　果たせないままで
己の誓い　揺らいでいるままで

大げさな誓い　果たせないままで
己の誓い　裏切ったりしたっけ　でも

Love is so good　みんなわかっている
Love is so good　Everyone knows it

あの日の瞳　困ったような笑み
君への誓い　忘れないからね　だから

Love is so good　僕はわかっている
Love is so good　Everyone knows it

Love is so good....

Love is so good　君もわかっている
Love is so good　Everyone knows it

残火

Alone……のようで

思っている人がいる

Alone　じゃない

空っぽ……のようで

志すモノがある

空っぽ　じゃない

負けたくねぇ　ずるい自分に

Alone　じゃない
空っぽ　じゃない

切望

光を浴びて　訪れる
痛みを抱いて　訪れる

壊れても　壊れても　消えはしないから
隠しても　隠しても　ばれてしまうから

どうしても　こうしても　追い駆けてしまうんだよ
君の瞳　あの日の夢　追い駆けてしまうんだよ
笑い合う日まで　泣き合う日まで

ニヒルな笑みで　痛みを抱いて
悲哀も帯びて　訪れる

磨いても　磨いても　消えはしないから
歌っても　歌っても　伝わらないかな

苦しい時　寂しい時　思い出してしまうんだよ
君の瞳　あの日の夢　思い出してしまうんだよ
夜が明けるまで　愛せるまで

どうしても　こうしても　追い駆けてしまうんだよ
君の瞳　あの日の夢　追い駆けてしまうんだよ

苦しい時　寂しい時　思い出してしまうんだよ
君の瞳　あの日の夢　思い出してしまうんだよ
夜が明けるまで　愛せるまで

君

夢なら覚めないで　いい

昨日　今日も　君のことを
追い駆けているんだよ
明日　明後日も　君のことを
追い駆けている

嘘なら吐かないで　いい

昨日　今日も　君のことを
追い駆けているんだよ
明日　明後日も　君のことを
追い駆けている

昨日　今日も　君のことを
追い駆けているんだよ
明日　明後日も　君のことを
追い駆けている

どんなときも　君のことを
追い駆けているんだよ
誰よりも　君のことを
追い駆けていく

愛情

すれ違い　勘違い　食い違い　それだけ

見せてごらんよ　胸の中を
僕はそこにまだ　居るかい
君が見せる　優しさも微笑みも
全部嘘なら　いらない

降り積もる雪は　溶けない愛情
あの日の言葉は　解けない魔法

作り笑い　綺麗事　嘘が嫌い　君がいない

見てごらんよ　胸の中を
君はここにまだ　居るのに
僕に向いている　冷めた視線が
全部君の瞳なら　いいのに

降り積もる雪は　溶けない愛情
届かない思いは　隠しきれない未練

降り積もる雪は　溶けない愛情
あの日の言葉は　解けない魔法

溶けない愛情

君への愛情

待ち人

いつも迷って　答え揺らいで
情けない自分に　嫌気さして
こんなままじゃ　誰も味方にも
なってくれやしない　わかっていて

まだもうちょっと　この日々は続く

雲が晴れて　風が止んで
夜が明けるのを　待っているんだ
僕の思いを　ただうなずいて
受け止めてくれる　人に出会いたい

いつも逃げて　先延ばしにして
不甲斐ない自分に　呆れてしまう

まだもうちょっと　この日々は続く

花が咲いて　星が流れて
陽が昇るのを　待っているんだ
僕の思いが　実を結んだら
揺らぐことのない　答え見つけたい

雲が晴れて　風が止んで
夜が明けるのを　待っているんだ
僕の思いを　ただ微笑んで
受け止めてくれる　人に出会いたい

花が咲いて　星が流れて
陽が昇るのを　待っているんだ
僕の思いが　時をまたいで
誰かの胸に　届きますように

縁

揺れ動く思い　どうしてなのか
わからずに　もがいていた

何かしなくちゃ　ここじゃないなら
どこまでも　進んでいこう

何もなくてもいいさ　朝日が見える丘へ行こう
また歩き出す
何もなくてもいいさ　小さな願いと明日へ行こう
僕が愛す　誰かに出会うまで

「孤独」は恐怖　「孤高」は矜持
支え合い　傷ついて

過去と未来を　混ぜ合わせて
前を向き　答える今

訳はなくてもいいさ　温もりに触れたときの記憶
また思い出す
訳はなくてもいいさ　笑顔に触れる場所へ行こう
僕を愛す　誰かに出会うまで

流れる血潮　まだ終わりじゃない
出会いと別れ　一つの名前を抱くよ

何もなくてもいいさ　朝日が見える丘へ行こう
また歩き出す
何もなくてもいいさ　小さな願いと明日へ行こう
また歩き出す

訳はなくてもいいさ　涙の枯れる場所へ行こう
また思い出す
訳はなくてもいいさ　温もりに触れるその時まで
僕が愛す　誰かに出会うまで

Relove

oh my love いつの日か時空を超えて
変わらぬ恋の行方　彷徨う君のもとへ

oh my heart いつぞ光る　曇りがちな days
今こそ善は急げで　この歌君に届け

Relove

oh your love マイナスがプラスに変わる
そんなマジックよ起これ　彷徨う僕のもとへ

oh your heart ずっと光る　笑顔でいてね
鋭い視線の奥　幼い少女の夢

Real love

研ぎ澄まされた未練と
幼き日々の理念と
大人になった僕と居て、、、、

oh my love いつの日か時空を超えて
変わらぬ恋の行方　彷徨う君のもとへ

Relove

研ぎ澄まされた思いを
幼き日々の理念を
取り戻してきた僕と居て、、、、

oh my girl

サニー

怒りを鎮めさせてくれ　そのやわらかな笑みで
二人を悲しませないで　もし神様がいるなら願うよ

一人で見上げた空は　真っ暗になる
君こそが太陽だと　わかったからもう

'Cause I'm lonely, I wanna be with you
'Cause I'm lonely, I wanna be with you
できるだけ永く　僕が死ぬまで

痛みを忘れられなくて　でもそれは大事なもの
言葉が軽くなっていっても　君への思いなら変わってない

二人で見上げた空は　真っ青になる
君こそが太陽だと　わかったからもう

'Cause I'm lonely, I wanna be with you
'Cause I'm lonely, I wanna be with you
できるだけ永く　僕が死ぬまで

‘Cause I’m lonely, I wanna be with you
‘Cause I’m lonely, I wanna be with you
できるだけ永く　僕が死ぬまで

空の彼方まで

もう涙見せずに　空の彼方まで
強く手を握って　翔けていく　Ready Go

大切なものはいつだって　胸(ここ)にある
どれだけ月日が流れても　眩しくて

今よりもっと　遠くへ飛べたら
回り道をしてでも　明日を迎えに行くからね

もう涙見せずに　空の彼方まで
強く手を握って　翔けていくのさ
もう涙見せずに　空の彼方まで
君のことを想って　翔けていく　Ready Go

今よりもっと　遠くへ飛べたら
回り道をしてでも　君を迎えに行くからね

もう涙見せずに　空の彼方まで
強く手を握って　翔けていくのさ
もう涙見せずに　空の彼方まで
君のことを想って　翔けていく

七つ星を夜空に　届けるから
空へ続く迷路に　ひとり
羽ばたいていけるかな　この空の彼方まで

もう涙見せずに　空の彼方まで
強く手を握って　翔けていくのさ
もう涙見せずに　空の彼方まで
君のことを想って　翔けていく　Ready Go

東京

週末の午後は賑わっている　なのに冷たくて
通り過ぎた人もきっと繋がっているのに、、、、

僕の優しさはもういらないんだね
幼かったのは僕の方だけだったんだろう

どこかで微笑んでいて
また会おう　瞳を閉じたその先で

流行りにはならないだろう　こんな生き方は
それでいいんだ　人と同じ人生じゃつまらない

エキストラにさえもなれずに　一人もがいていた日々よ
理想だけ並べたノートは　まだ捨てずにとってある

寂しさ抱えて生きて
些細な幸せを感じられるんだね

青く澄んだ空が胸に広がればいいな
時計の針は逆さまに回り続けている

「ありがとう」　それだけ言いたくて
冴えない僕に笑いかけてくれた

解答

子供の頃は　大人になりたがった
大人になれば　子供に戻れないと知った
年齢じゃ人は測れない

浮かれた空気　苦手だったけれど
楽しいことは　無くならない方がいい
何が楽しいかは人それぞれ

幼いときの僕が　今の僕に残してくれたモノ
それをどうしようか　考え中なんだ

わからないことだらけだから
ヒントをたくさんかき集めた
そこから導き出した答えは
本当の自分の解答じゃないみたいだ

望んだモノは　まだ手に入らない
願ったことは　一人じゃ叶えようがない
諦めることって辛いよね

幼いときの僕が　今の僕に教えてくれたこと
それを守れるかな　少し不安なんだ

わからないことだらけだから
ヒントをたくさんかき集めようとする
でもそこから導き出した答えは
本当の自分の解答じゃないみたいだ

わからないことだらけだから
ヒントをたくさんかき集めた
でもそこから導き出した答えは
本当の自分の解答じゃない

わからないことだらけだけど
ヒントはむしろ必要じゃない
心の底の奥の方から
導き出した答えが 本当の解答なんだ

独走

この道で合っているのか　もはやわからないんだ
周りには誰もいない　足跡だけ残っている

静かに舞う花びら　夢から覚めそう

生まれてきた人たち　全員に配られた
地図は少年時代に　破り捨てた

若気の至り　憧れは光り

怖くても　彷徨っても　その未来へ Running
心には　弱くても　灯火が　灯っているよ

立ち止まればきっともう　走り出せないと思う
走らなきゃならない理由　なんてないが

諦めるくらいなら　最初（はな）から望むな

転んでも　つまずいても　自分の道 Running
走るのが　嫌になっても　時間はずっと
チクチク　タクタク

静かに舞う花びら　夢から覚めそう

怖くても　彷徨っても　その未来へ Running
心には　弱くても　灯火が　灯っているよ

一人でも　恐れずに　この未来へ Running
傍には　いなくても　心に Somebody

記憶

元気にしているかな
泣いたりなんかしていないだろうな
知る由もなくて　寂しさ募る

君の心に居たい　僕は今も頑張っているよ
その透き通る瞳　僕を見つめてほしい

記憶の片隅には　僕を拒んだ時のことなんかが
忘れられなくて　残っているよ

どんなに時が過ぎても　あの日の笑顔のままで君は
僕の心に居るよ　だから独りじゃない

君の心に居たい　僕は今も頑張っているよ
その柔らかな声で　僕を支えてほしい

僕を見つめてほしい

著者プロフィール

谷口 渚（たにぐち なぎさ）

千葉県出身。1990年生まれ。
作詞・作曲・編曲・歌・演奏まで、自ら行うシンガーソングライター「伊勢也日向」として2019年まで活動。
その後、本名の「谷口渚」名義で、アーティスト活動を続けている。
2020年4月22日、1stシングル「空／Running」を、全国リリース。
本作には、伊勢也日向時代の200編以上の歌詞から厳選した84編を収録。

ノールックパス 伊勢也日向歌詞集

2020年10月15日　初版第1刷発行

著　者　谷口 渚
発行者　瓜谷 綱延
発行所　株式会社文芸社
〒160-0022　東京都新宿区新宿1－10－1
電話　03-5369-3060（代表）
03-5369-2299（販売）

印刷所　株式会社フクイン

ISBN978-4-286-21959-2